Nom de code : Bouboule
Nom de code : Doc

le Réseau Papillon

DUMANCHE - OTÉRO

le Réseau Papillon

T1. Aux arts, citoyens !

Jungle

Je remercie Héloïse pour son accompagnement tout au long de l'album. Merci à Moïse et toute l'équipe de Jungle pour leur travail. Je remercie bien évidemment Nicolas et Vérane pour cette magnifique collaboration.
Je pense bien sûr à ma femme, mes enfants et toute ma famille qui m'ont soutenu tout au long de cette aventure. Merci à Alain Julié, sans qui rien ne serait arrivé, merci à tous les amis auteurs qui ont été là avec leurs conseils.
Je dédicace ce livre à mon grand-père, résistant du 4e bataillon des F.T.P.F.

Franck Dumanche

À Vérane, Noah, Hanaé et Louka, ma tribu.
À vous qui étiez et qui êtes là.

Nicolas Otéro

Scénario : Franck Dumanche
Dessin : Nicolas Otéro
Couleurs : 1ver2anes

ISBN : 978-2-822-22128-3

Jungle est une maison d'édition du groupe Steinkis.

Pages 6 et 7 : *Sur les quais du vieux Paris,* Lucienne Delyle, 1939.

Huitième tirage
Imprimé en juin 2022 par Printcorp.
Dépôt légal : janvier 2018

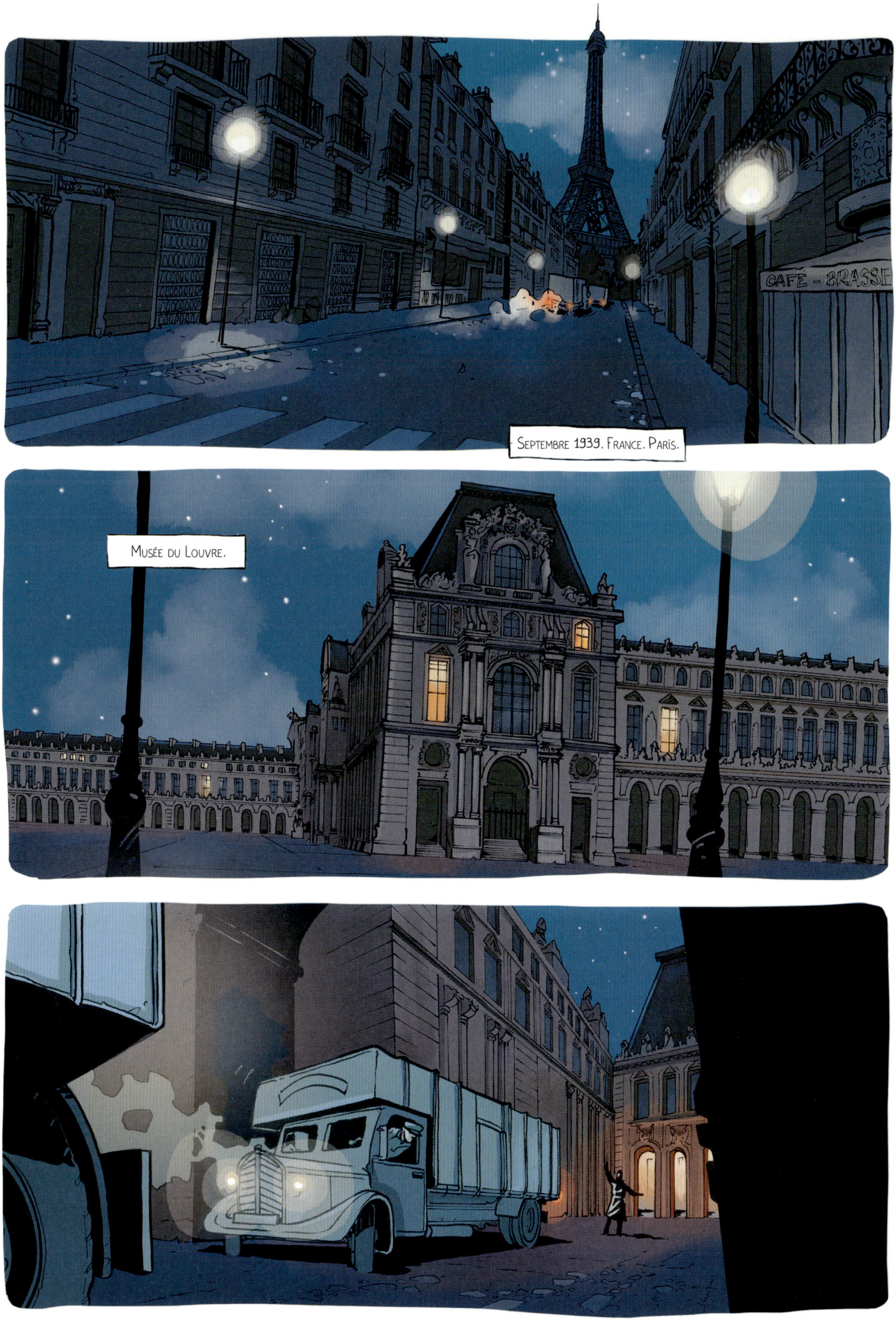
CAFE - BRASSE
Septembre 1939. France. Paris.
Musée du Louvre.

Doucement ! Doucement !
Faites attention, Quoi !
CRAAC
Désolé !
Ne t'inquiète pas, Jacques. Ce n'est que la protection qui s'est un peu déchirée.
Je sais bien, Rose. Mais je suis un peu nerveux.
Tout va bien se passer.
C'est bon. Tu as tout noté ?
Oui. Tout part au château de Chambord. Tu crois vraiment que la guerre va arriver en France ?
Malheureusement. C'est pour ça qu'il faut sauver un maximum d'œuvres.
Et surtout, soyez discrets !
Pas de soucis, patron. On va être prudents. Faudrait pas tomber sur les cognes[1].
Quand doucement tu te penches en murmurant : "C'est dimanche, si nous allions en banlieue faire un tour sous le ciel bleu des beaux jours ?"

[1] Policiers

Mille projets nous attirent,
Mais, dans un même sourire,
Nous refaisons le trajet simple et doux
De nos premiers rendez-vous...
Sur les quais du vieux Paris,
Le long de la Seine
Le bonheur sourit,
Sur les quais du vieux Paris,
L'amour se promène
En cherchant un nid.
CLAC !!
Crénom !

JUILLET 1940
FILLES
ECOLE
CONS

Si tu crois que je vais perdre contre toi, tu rêves ma vieille.
Tu penses y arriver, doc ?
Y a pas de lézard, aucun appareil ne me résiste.
Je sais bien. Tu fais comment pour la brancher ?
J'ai créé un petit transfo qui envoie de l'électricité dans la boîte. Ça tiendra pas longtemps et il faudra que Bouboule tourne la manivelle, mais ça devrait marcher.
À ce rythme-là, Bouboule aura eu le temps de manger le goûter de tout le monde qu'on aura rien entendu sur cette fichue radio !
C'est pas sympa de dire ça, Gaston.
Si j'aurais piqué vos goûters à tous, vous auriez fait une sale trombine.
Si j'avais, François, on dit "si j'avais".
Merci Princesse, t'es une chic fille.
Mmh... Essaye quand même de ne pas mettre trop de miettes dans la cabane. Et ne m'appelle pas Princesse, on n'est pas en mission.
Ha Ha ! Attention les oreilles !

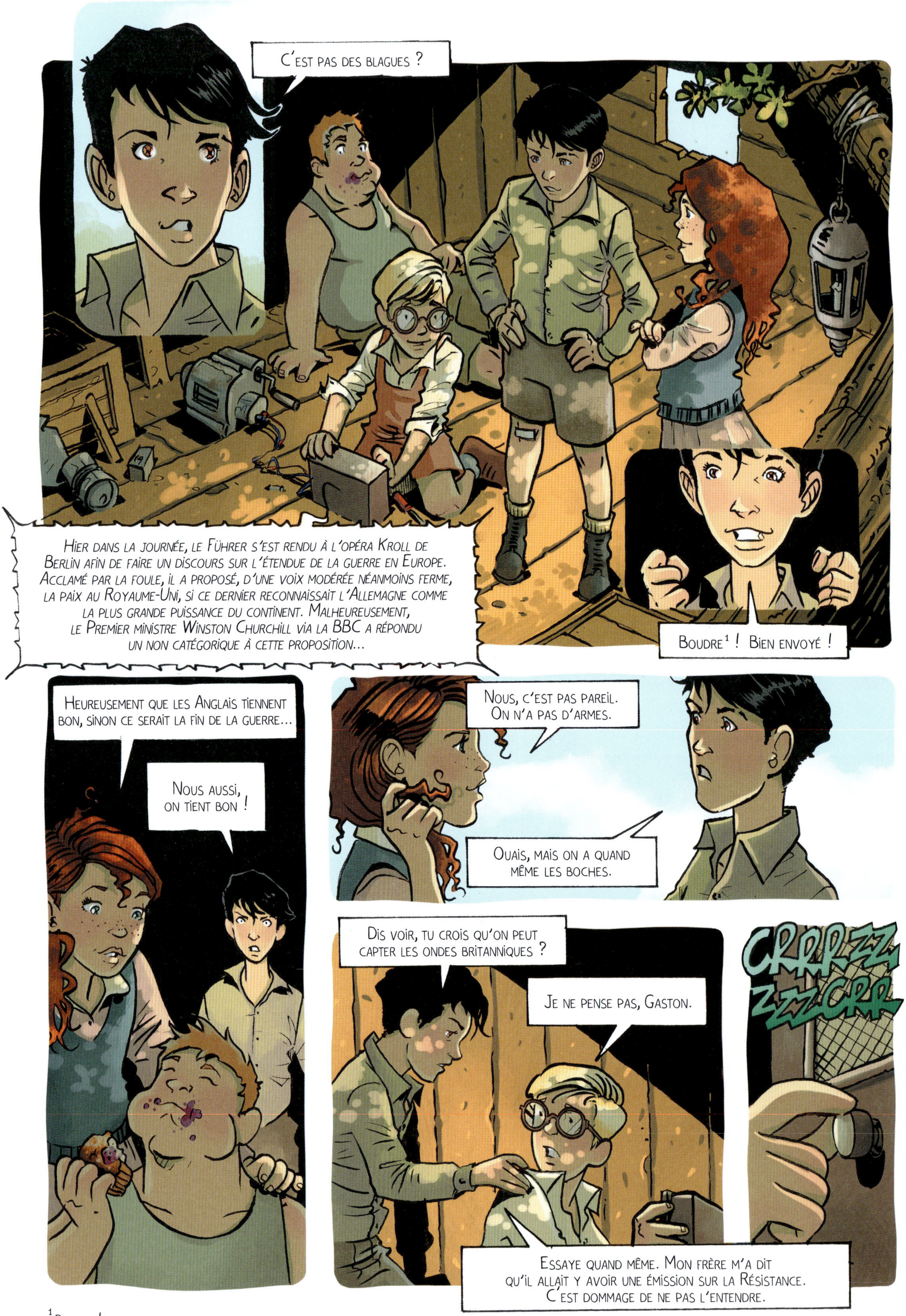
C'EST PAS DES BLAGUES ?
HIER DANS LA JOURNÉE, LE FÜHRER S'EST RENDU À L'OPÉRA KROLL DE BERLIN AFIN DE FAIRE UN DISCOURS SUR L'ÉTENDUE DE LA GUERRE EN EUROPE. ACCLAMÉ PAR LA FOULE, IL A PROPOSÉ, D'UNE VOIX MODÉRÉE NÉANMOINS FERME, LA PAIX AU ROYAUME-UNI, SI CE DERNIER RECONNAISSAIT L'ALLEMAGNE COMME LA PLUS GRANDE PUISSANCE DU CONTINENT. MALHEUREUSEMENT, LE PREMIER MINISTRE WINSTON CHURCHILL VIA LA BBC A RÉPONDU UN NON CATÉGORIQUE À CETTE PROPOSITION...
BOUDRE[1] ! BIEN ENVOYÉ !
HEUREUSEMENT QUE LES ANGLAIS TIENNENT BON, SINON CE SERAIT LA FIN DE LA GUERRE...
NOUS AUSSI, ON TIENT BON !
NOUS, C'EST PAS PAREIL. ON N'A PAS D'ARMES.
OUAIS, MAIS ON A QUAND MÊME LES BOCHES.
DIS VOIR, TU CROIS QU'ON PEUT CAPTER LES ONDES BRITANNIQUES ?
JE NE PENSE PAS, GASTON.
CRRRZZ ZZZCRR
ESSAYE QUAND MÊME. MON FRÈRE M'A DIT QU'IL ALLAIT Y AVOIR UNE ÉMISSION SUR LA RÉSISTANCE. C'EST DOMMAGE DE NE PAS L'ENTENDRE.

[1] BOUGRE !

PFFF... SI C'EST POUR ÉCOUTER LA RADIO ALLEMANDE, NON MERCI.
GASTON, JE TE PROMETS DE TOUT FAIRE POUR ARRIVER À CAPTER LA BBC.
JE SAIS BIEN, DOC, J'AI CONFIANCE EN TOI.
C'EST QUOI COMME RADIO ?
UNE DUCRETET DE 1932.
NOUS À LA MAISON, ON A UNE PHILIPS 470.
WAHOU, LE MODÈLE DE 1938 ! TOUT LE MONDE N'A PAS LA CHANCE D'AVOIR UN PÈRE MAIRE.
J'AI PAS CHOISI, EDMOND, ET SI J'AVAIS EU LE CHOIX DE QUELQUE CHOSE, J'AURAIS PRÉFÉRÉ NE PAS ÊTRE UNE FILLE.
DONG DONG DONG DONG DONG DONG DONG
HÉ, LES GARÇONS, C'EST L'HEURE DE RENTRER. BOUBOULE, ARRÊTE DE GRIGNOTER.
DÉSOLÉ, ÉLISE, C'EST JUSTE QU'À CETTE HEURE-CI, J'AI FAIM.
TU AS TOUJOURS FAIM, FRANÇOIS.
QUAND L'APPÉTIT VA, TOUT VA. BON, IL VA FALLOIR FILER AVANT DE SE FAIRE GRONDER.
AU FAIT, PRINCESSE, MOI JE PRÉFÈRE QUE TU SOIS UNE FILLE.
BON, DOC, BOUBOULE, PRINCESSE, ON FAIT COMME TOUJOURS, CHACUN SON CHEMIN AFIN DE NE PAS ÊTRE REPÉRÉ PAR LES BOCHES. SOYEZ PRUDENTS !
OUI, CHEF !
DIS ÉLISE, TU VOUDRAIS PAS QU'ON PRENNE LE MÊME CHEMIN POUR UNE FOIS ?
POURQUOI ? TU AS PEUR QUE JE ME PERDE ?
QUE T'ES GOURDE ! ÇA ME FERAIT PLAISIR, C'EST TOUT.
ET TES RÈGLES DE SÉCURITÉ ?
ON SERA PRUDENT, PROMIS !
D'ACCORD, MAIS IL FAUT PAS QUE LES DEUX AUTRES LE SACHENT.

Chut ! Il y a des Allemands là-bas. Viens, on va les contourner.
CRAC !!
Halte ! Qui va là ?
Laisse, tu vois bien qu'il n'y a personne.

[1] Surnom donné aux anglais par les allemands.

Attends, j'ai une bonne idée.
C'est moi qui le fais alors.
Qu'est-ce que t'y connais en voiture, toi ? T'es rien qu'une fille.
BOM !
Et toi t'es rien qu'un couillon !
Bizarre, bizarre. J'ai entendu un bruit là-dessous.
On a bien failli se faire choper !
Ouais, mais c'est par ta faute.
Hé, c'est toi qui t'es cognée !
Bon, je dois filer, mes parents m'attendent.
...
J'ai...
Élise, rentre, il est tard. Bonsoir Gaston, je pense que tes parents t'attendent pour souper.
Oui, maman.
Euh... bonsoir m'dame Lachaise.
À bientôt, Élise.
Au revoir, Gaston.

Berlin.
Führerbunker
Berlin
TOC
TOC
Entrez !

Heil Hitler !
Vous avez demandé à me voir, mein Führer ?
Repos, Herr Rosenberg.
J'ai demandé à voir Herr Göring, pourquoi est-ce vous à la place ?
Cela m'agace profondément. Vous savez que je n'aime pas qu'on désobéisse à mes ordres.
Veuillez m'excuser, mais Herr Göring est en France actuellement, pour une mission. Nous avons trouvé une planque remplie d'Œuvres d'art du côté de Bordeaux. Une grande partie de la collection des juifs Rothschild.
J'aurais préféré que vous, Alfred, soyez en France pour récupérer les Œuvres d'art pour mon Führermuseum de Linz.
Tenez, j'espère que vous ferez tout pour me trouver ce qu'il y a sur cette liste.
Bien sûr, mein Führer, je ne faillirai pas à ma mission.
Heil Hitler !
L'art est l'essence même de l'humanité. Trop de beauté pour être accaparé par les autres.
L'art me revient de droit, comme tout ce qui est beau en ce bas monde.

Tu crois qu'ils seront là ?
Je pense bien. Tu espères quoi ?
Ce sont des Allemands quand même.
Et tu crois donc qu'ils ne sont pas chrétiens comme nous ? La guerre n'empêche pas de prier Dieu.
...
Gaston ! Allez, on y va, mon garçon !
Oui papa, j'arrive...
Je suis vraiment obligé de venir ?
Il pourrait la rater pour une fois, non ? Avec tous ces Allemands par ici...
C'est vrai ça, maman a raison.
Moi vivant, tu ne rateras jamais la messe du dimanche.
Ce ne sont pas les Allemands qui vont nous empêcher de vivre normalement ! Foi de Balthazar !
Allez, maintenant on se hâte, sinon, on n'aura plus de place dans l'église.

Esaïe, chapitre 24 : Le pays est triste, épuisé ; les habitants sont abattus, languissants ; les chefs du peuple sont sans force [...]
La joie des tambourins a cessé, le tapage des amusements a pris fin, la musique jubilatoire de la harpe a cessé.
Le vin nouveau est en deuil, la vigne dépérit. Tous ceux qui avaient le cœur joyeux gémissent.
[...] Ce jour-là, l'Éternel interviendra dans le ciel contre les puissances célestes et sur la terre contre les rois de la terre. Amen.
Amen !
Hé, t'as compris quelque chose toi ?
Non rien de rien, et toi ?
Pareil.
On serait mieux dans notre cabane, non ?
Pour sûr !
Boudiou ! Tu comptes me faire honte, comme ça !

Il a une tête d'ange,
mais le diable au corps.
Bon, il la finit sa messe ?
Tu devrais arrêter de le fréquenter.
Mais c'est mon meilleur copain !
Merci d'être venu,
je vous attends
dimanche prochain.
Ja, mon père. Merci
pour cette messe.
Si c'est pas une honte
de voir ça.
Oui, mais on peut rien y faire.
Ils ont gagné la guerre.
Enfin, c'est pas la guerre qui a éduqué
ton môme, hein ? Même pas capable de se tenir
comme il faut dans une église.

[1] Que la paix soit avec vous !

Notre père, qui es aux cieux, que ton nom soit sanctifié, que ton règne vienne, que ta volonté soit faite sur la terre comme au ciel.
SLUURP
... puissance et la gloire, aux siècles des siècles. Amen.
Recommence ! Ensuite, tu iras nettoyer le sol de l'église.
Hum, c'est pas clair tout ça. Le cureton a quelque chose à cacher, il faudra que je découvre quoi !
CCRRRR
Notre père, qui es aux cieux...
BOUCHERIE LAZARO
Allez, va te débarbouiller et file au lit.
Sans manger ?
Sans manger.

EDMOND ? TU VAS OÙ ?
RENDORS-TOI, ADAM, C'EST BON.
MAIS LE COUVRE-FEU ?
C'EST BON JE TE DIS, PAS MOYEN QUE JE ME FASSE PINCER.
TU VAS TE FAIRE TANCER[1] PAR LES PARENTS.
T'AS INTÉRÊT À PAS CAFTER, SINON...
PROMIS, EDMOND.
BOUBOULE !!
TOC TOC TOC TOC
DÉSOLÉ, JE T'AVAIS PAS ENTENDU. OH ! Y R'PLEUT !
OUAIS, BON C'EST PAS GRAVE. DÉPÊCHONS, ON VA ÊTRE EN RETARD.

[1] GRONDER

Boudiou, ce temps.
Gaffe à pas glisser, les amis !
Oui !
On y est !

Les gars, on passe par le fond. On fait pas de bruit.
Allez, à toi Bouboule.
Oh là là ! Je vais jamais y arriver, Gaston !
En mission, je suis Chef ! Fais un effort, Bouboule.
Pardon, Gaston, j'oublie toujours. Euh... Chef !
Est-ce que cette petite fête vous plaît, Herr Göring ?

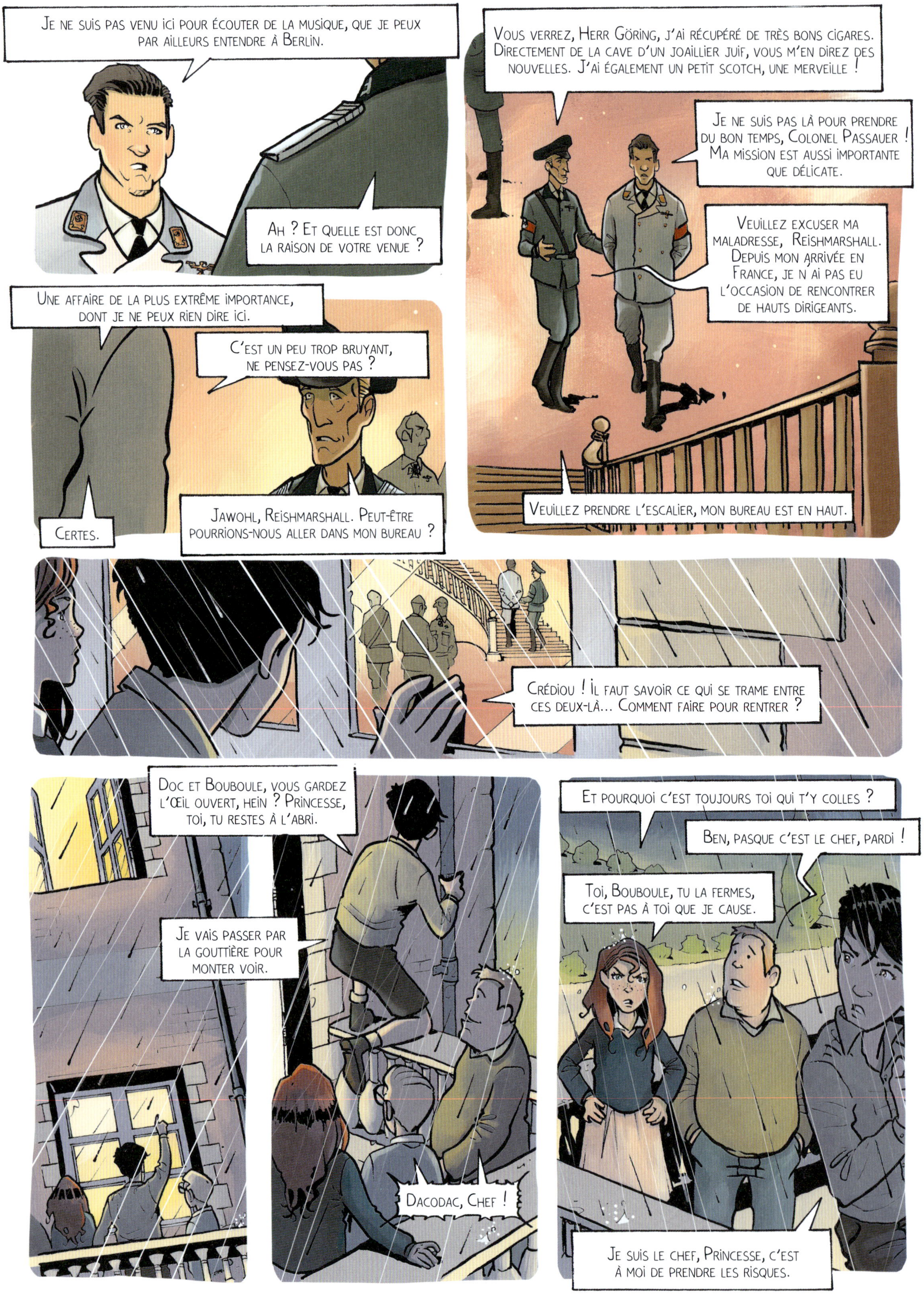
Je ne suis pas venu ici pour écouter de la musique, que je peux par ailleurs entendre à Berlin.
Ah ? Et quelle est donc la raison de votre venue ?
Une affaire de la plus extrême importance, dont je ne peux rien dire ici.
C'est un peu trop bruyant, ne pensez-vous pas ?
Certes.
Jawohl, Reishmarshall. Peut-être pourrions-nous aller dans mon bureau ?
Vous verrez, Herr Göring, j'ai récupéré de très bons cigares. Directement de la cave d'un joaillier juif, vous m'en direz des nouvelles. J'ai également un petit scotch, une merveille !
Je ne suis pas là pour prendre du bon temps, Colonel Passauer ! Ma mission est aussi importante que délicate.
Veuillez excuser ma maladresse, Reishmarshall. Depuis mon arrivée en France, je n'ai pas eu l'occasion de rencontrer de hauts dirigeants.
Veuillez prendre l'escalier, mon bureau est en haut.
Crédiou ! Il faut savoir ce qui se trame entre ces deux-là... Comment faire pour rentrer ?
Doc et Bouboule, vous gardez l'œil ouvert, hein ? Princesse, toi, tu restes à l'abri.
Je vais passer par la gouttière pour monter voir.
Dacodac, Chef !
Et pourquoi c'est toujours toi qui t'y colles ?
Ben, pasque c'est le chef, pardi !
Toi, Bouboule, tu la fermes, c'est pas à toi que je cause.
Je suis le chef, Princesse, c'est à moi de prendre les risques.

Attends, j'ai cru entendre un bruit par là.
Qui veux-tu que cela soit, sûrement un chat. Il y en a un paquet par ici. Allez, reviens, ça va être l'heure de fin de garde.
Ouais, tu as raison. Y a pas à dire, cette pluie, c'est pénible.
Ha Ha ! Tu aurais préféré être en Italie peut-être ? Y a pas que le soleil là-bas, y a aussi des obus.
Princesse ?! Qu'est-ce que tu fais ?
Élise, Descends !
Non !
Tu exagères. C'était à moi de le faire.
Chut, sinon on va rien entendre. Et d'ailleurs, tu m'as appelée Élise.
Ouais, bon, j'ai pas fait exprès. En même temps, des fois, tu m'énerves.
Vous n'êtes pas sans savoir que nous sommes à la recherche de nombreuses Œuvres d'art pour notre parti.
Oui, bien sûr. C'est une tâche difficile.
Là n'est pas la question. Il va y avoir dans cinq jours un convoi transportant plusieures pièces, vers Paris. Je voudrais récupérer quelques pièces pour ma collection personnelle.
J'ai peur de ne pas bien comprendre.
Je veux dire que le Führer ne doit surtout pas le savoir.
Quoi ? Mais vous plaisantez, j'espère ?
En ai-je l'air ? Vous allez faire ce que je vous dis, c'est un ordre !
Vous allez me trouver deux de vos hommes. Deux qui agissent sans poser de questions. Ils vont se rendre dans la gare du Mans, monter dans le train et le faire arrêter avant Paris, afin que je puisse récupérer les Œuvres que je désire. Verstanden[1] ?
J'ai les hommes qu'ils vous faut. Deux abrutis, incapables de réfléchir. Pour agir sans poser de questions, ils sont bons. Je vais... Hé ?
CLAKK !!
Qu'est-ce que...

[1] Entendu ?

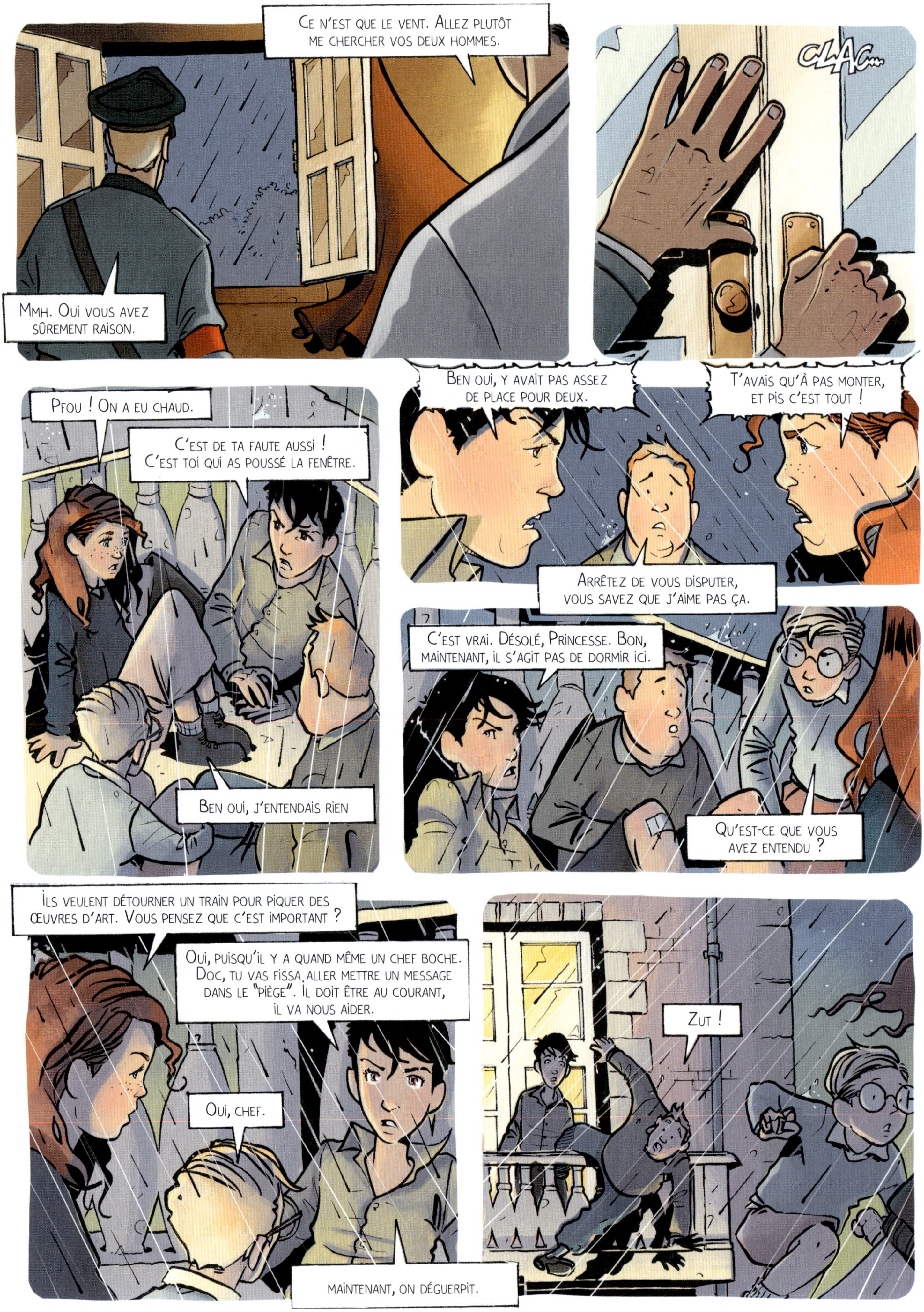
Ce n'est que le vent. Allez plutôt me chercher vos deux hommes.
Mmh. Oui vous avez sûrement raison.
CLAC...
Pfou ! On a eu chaud.
C'est de ta faute aussi ! C'est toi qui as poussé la fenêtre.
Ben oui, j'entendais rien
Ben oui, y avait pas assez de place pour deux.
T'avais qu'à pas monter, et pis c'est tout !
Arrêtez de vous disputer, vous savez que j'aime pas ça.
C'est vrai. Désolé, Princesse. Bon, maintenant, il s'agit pas de dormir ici.
Qu'est-ce que vous avez entendu ?
Ils veulent détourner un train pour piquer des œuvres d'art. Vous pensez que c'est important ?
Oui, puisqu'il y a quand même un chef boche. Doc, tu vas fissa aller mettre un message dans le "piège". Il doit être au courant, il va nous aider.
Oui, chef.
Maintenant, on déguerpit.
Zut !

Bouge, Bouboule, on va se faire prendre !
Désolé, Gaston, j'ai pas fait attention.
Radeberger, tu as entendu ?
Ouais, viens on va voir.
Vas-y, j'aurai pas le temps.
Hé gamin, qu'est-ce que tu fais ici ? Tu es tout seul ?
Alors, réponds, que fais-tu ici ?
Je vois rien.
Toi, tu vas tout nous raconter, sinon tu es bon pour le peloton d'exécution.
Mais j'ai rien fait, moi, m'sieur !
Oh, tu verras, tu vas vite tout nous dire.
Alors, François, qu'est-ce que tu attends pour venir m'aider ?
Quoi, c'est votre fils ?
Parce que c'est pas évident ?
HERIE
ZARO
Vous trouvez normal, vous, un enfant qui se promène après le couvre-feu ?
Euh... Ben non, c'est pour ça qu'on l'a attrapé. Il était dans le coin.
Je voulais faire pipi...
BOUCHERIE LAZARO
Bon, l'affaire est réglée. Vous voulez bien relâcher mon fils qu'il puisse enfin m'aider, ou j'en parle à votre colonel ?
Non, c'est bon. Bonne soirée.
On en reparlera à la maison...
Oui papa, désolé papa.

Oui, chef. J'ai indiqué que c'était urgent.
Crénom ! Il s'en est fallu de peu. Heureusement que son pater l'a sauvé.
Pauvre Bouboule ! Il va prendre une sacrée tance en rentrant.
Ouais, mais sans son père, on aurait été fusillés net. Doc, tu as pu écrire le texte ?
Parfait. Tu vas le mettre dans le piège rapidement, pis chacun rentre chez soi.
Entre, Gaston. Et ne fais pas de bruit, ta mère dort.
Oui, papa.
Viens t'asseoir, fils.
Je ne te demanderai pas d'où tu viens. Moins j'en sais, mieux c'est.
Tu sais, la guerre, c'est moche, fils, on n'en revient jamais entier. J'ai déjà un fils dans la Résistance, je prie tous les jours pour qu'il reste en vie. J'ai pas envie de te perdre aussi.
On peut pas rester sans rien faire. C'est notre pays.
Je sais, fils, et je suis fier de toi pour ça. Mais surtout, fais attention à toi. Je n'ai pas envie de consoler ta mère. Santé !
KOF KOF
N'oublie pas ce que j'ai dit, fils, on n'en revient jamais entier. Et si on te surprend, c'est le peloton d'exécution, enfant ou pas.
Je ferai attention, papa.

CINQ MINUTES PLUS TÔT.
C'EST PAS JUSTE. C'EST TOUJOURS MOI !
C'EST LE JEU, PRINCESSE. C'EST LE HASARD.
J'AI JAMAIS DE CHANCE. ZUT ALORS.
BON, ON TE LAISSE FAIRE LE GUET. DIS-NOUS QUAND IL ARRIVE.
AU FAIT, ÇA VOUS DIRAIT PAS QUE JE CHANGE DE SURNOM ?
NON !
MAIS J'AIME PAS, MOI, PRINCESSE, CH'UIS PAS UNE FILLE COMME LES AUTRES.
NON C'EST COMME ÇA, ON A VOTÉ.
DIS, DOC, TU PENSES QUE C'EST IMPORTANT TOI, LES ŒUVRES D'ART ?
MMH... BEN OUI, JE CROIS. DÉJÀ, ÇA COÛTE DES SOUS ; ET PUIS IL Y EN A QUAND MÊME DES BELLES, ET DES TRÈS VIEILLES.
ALORS, IL FAUT PAS QUE LES ALLEMANDS LES PRENNENT ?
BEN, NON. C'EST IMPORTANT DE GARDER LES ŒUVRES D'ART EN FRANCE. ÇA MONTRE LA PUISSANCE CULTURELLE D'UN PAYS.
MON VIEUX DIT TOUJOURS : L'ART EST LA VIE, LA VIE C'EST L'ART.
ET ÇA VEUT DIRE QUOI ?

ÇA VEUT DIRE QUE ÇA SE MANGE PAS !
AH, AH, TU PEUX PAS ARRÊTER DE PENSER À LA NOURRITURE, DES FOIS ?
LA NOURRITURE EST LA VIE, LA VIE C'EST LA NOURRITURE !
AH, AH, AH !
EN TOUT CAS, ÇA VEUT DIRE QU'ON VA FAIRE UN SALE COUP AUX BOCHES. ET ÇA, C'EST BIEN POUR LA FRANCE ! PASQUE MOI LA CULTURE, HEIN... !
LA CULTURE, C'EST BIEN. QU'EST-CE QU'ELLE FICHE EN BAS ?
ELLE DANSE, NON ? AH, JE VOUS AI PAS DIT, MAIS MON PÈRE, IL M'A PASSÉ UNE SACRÉE TANCE HIER SOIR.
DÉSOLÉ, BOUBOULE. MAIS C'EST MIEUX QU'ÊTRE FUSILLÉ, NON ?
BOUDIOU, C'EST SÛR !
HÉ, ÇA FAIT MAL !
POC !!
C'EST LE PLANTON QUE TU DOIS FAIRE, PAS TA DANSEUSE.
J'SUIS PAS UNE DANSEUSE, MOI.
UNE DANSEUSE, NON, MAIS UNE PRINCESSE, OUI !

[1] Espèce de papillon

Dacodac, les fouines.
Soyez prêts. Dans deux jours. Je vous ferai passer les instructions par le "piège".
Ouais ! On va bisquer du boche ! On va bisquer du boche !
Et sinon les parents ?
Ils s'inquiètent pour nous. Mais, sinon, ils vont bien. C'est pas facile avec les Allemands partout.
Tiens, tu leur fileras ça de ma part.
Merci. Tu passes pas les voir ?
Non, trop dangereux. Je ne veux pas risquer ma couverture. Tu sais la guerre, c'est pas un jeu.
Je sais. Papa m'a dit la même chose. Mais je veux me battre.
Je sais, petit frère. Mais il faut rester prudent.
À demain, Chef. Et prends soin de la princesse, elle le vaut bien.
...

PARIS.
BISTROT
AVEZ-VOUS ÉTÉ SUIVI ?
JE NE PENSE PAS. ET VOUS ?
JE SUIS LÀ DEPUIS DEUX HEURES. SI JAMAIS J'AI ÉTÉ SUIVIE, IL A DÛ SE LASSER DE MON INACTION DEPUIS LONGTEMPS. JE SUIS BIEN, LÀ, AVEC UN TRÈS BEL OUVRAGE. C'EST L'ÉDITION ORIGINALE EN UN SEUL VOLUME DE 1846.
LES TROIS MOUSQUETAIRES
TRÈS BELLE ŒUVRE, EN EFFET. MAIS NOUS NE SOMMES PAS LÀ POUR CELA.

SALETÉE DE PIGEONS ! FICHEZ-MOI LE CAMP !
ET...
JE DISAIS DONC, VOUS AVEZ LA LISTE DES OBJETS QUI ONT ÉTÉS TROUVÉS ?
OUI, DANS MON LIVRE. FAITES-Y ATTENTION, J'Y TIENS.
À LA LISTE ?
NON AU LIVRE. VOUS SAVEZ QUOI FAIRE ?
AGIR, ET VITE. JE VAIS LAISSER DES INSTRUCTIONS. UNE UNITÉ LOGÉE NON LOIN DE LÀ POURRA NOUS DONNER UN COUP DE MAIN.
SOYEZ PRUDENT SURTOUT.
PARDON, MISS. JE NE VOUS AI PAS FAIT MAL AU MOINS ? JE M'EN VOUDRAIS D'ABÎMER UNE AUSSI JOLIE DEMOISELLE !
N'AYEZ CRAINTE. PASSEZ UNE BONNE JOURNÉE.
POC!!
LA JOURNÉE N'A JAMAIS ÉTÉ AUSSI BELLE !
ALEXANDRE DUMAS
LES TROIS
TRAIN N° 1788
DÉPART BORDEAUX: 12H58
ARRIVÉE CHARTRES: 17H56
VERMEER.

SATANÉS VOLATILES !
ALLEZ OUSTE !
PFF, JE PASSE PLUS DE TEMPS À LES FAIRE FUIR QU'À SERVIR LES CLIENTS.

Le Mans.

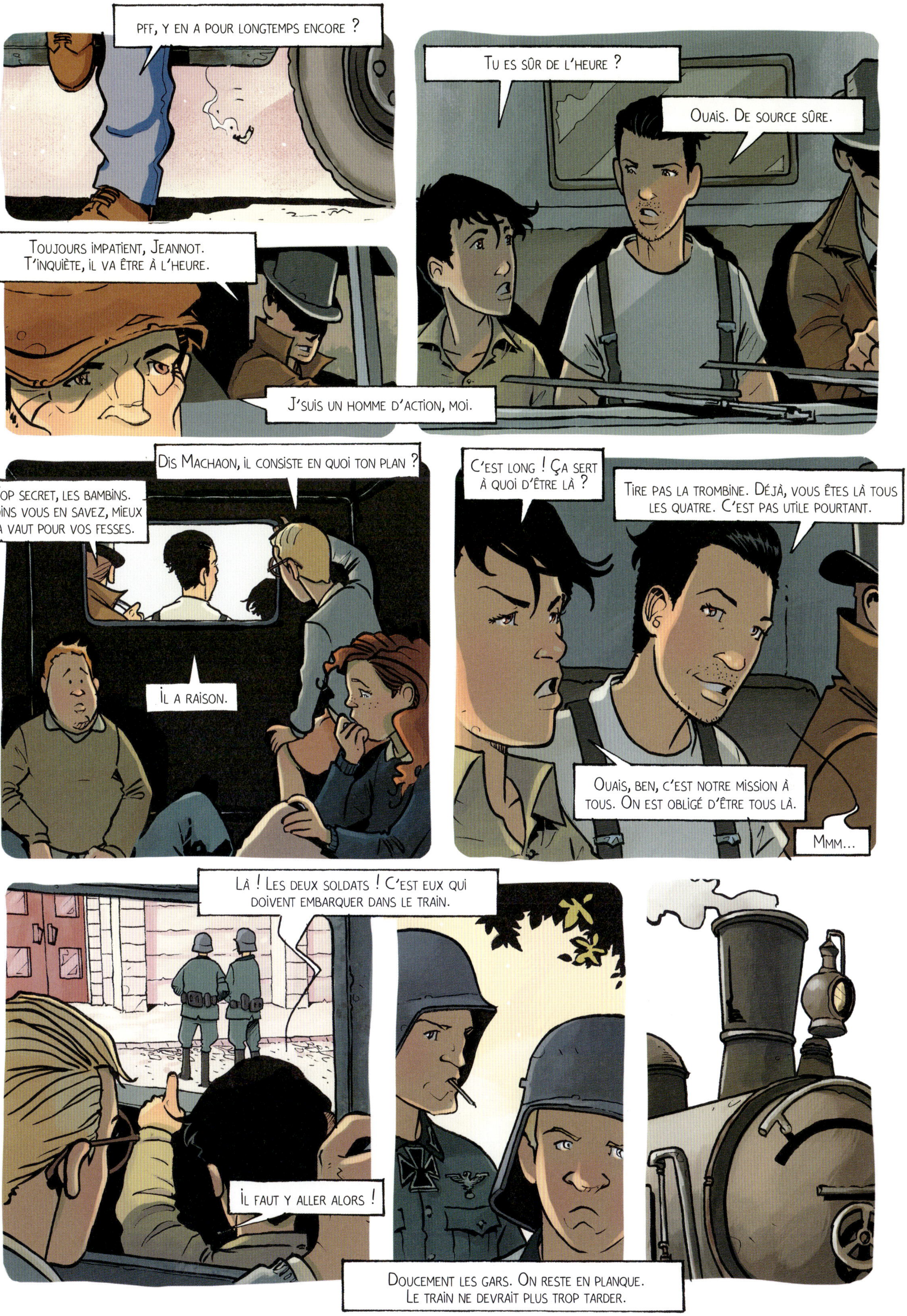
PFF, Y EN A POUR LONGTEMPS ENCORE ?
TU ES SÛR DE L'HEURE ?
OUAIS. DE SOURCE SÛRE.
TOUJOURS IMPATIENT, JEANNOT. T'INQUIÈTE, IL VA ÊTRE À L'HEURE.
J'SUIS UN HOMME D'ACTION, MOI.
DIS MACHAON, IL CONSISTE EN QUOI TON PLAN ?
TOP SECRET, LES BAMBINS. MOINS VOUS EN SAVEZ, MIEUX ÇA VAUT POUR VOS FESSES.
IL A RAISON.
C'EST LONG ! ÇA SERT À QUOI D'ÊTRE LÀ ?
TIRE PAS LA TROMBINE. DÉJÀ, VOUS ÊTES LÀ TOUS LES QUATRE. C'EST PAS UTILE POURTANT.
OUAIS, BEN, C'EST NOTRE MISSION À TOUS. ON EST OBLIGÉ D'ÊTRE TOUS LÀ.
MMM...
LÀ ! LES DEUX SOLDATS ! C'EST EUX QUI DOIVENT EMBARQUER DANS LE TRAIN.
IL FAUT Y ALLER ALORS !
DOUCEMENT LES GARS. ON RESTE EN PLANQUE. LE TRAIN NE DEVRAIT PLUS TROP TARDER.

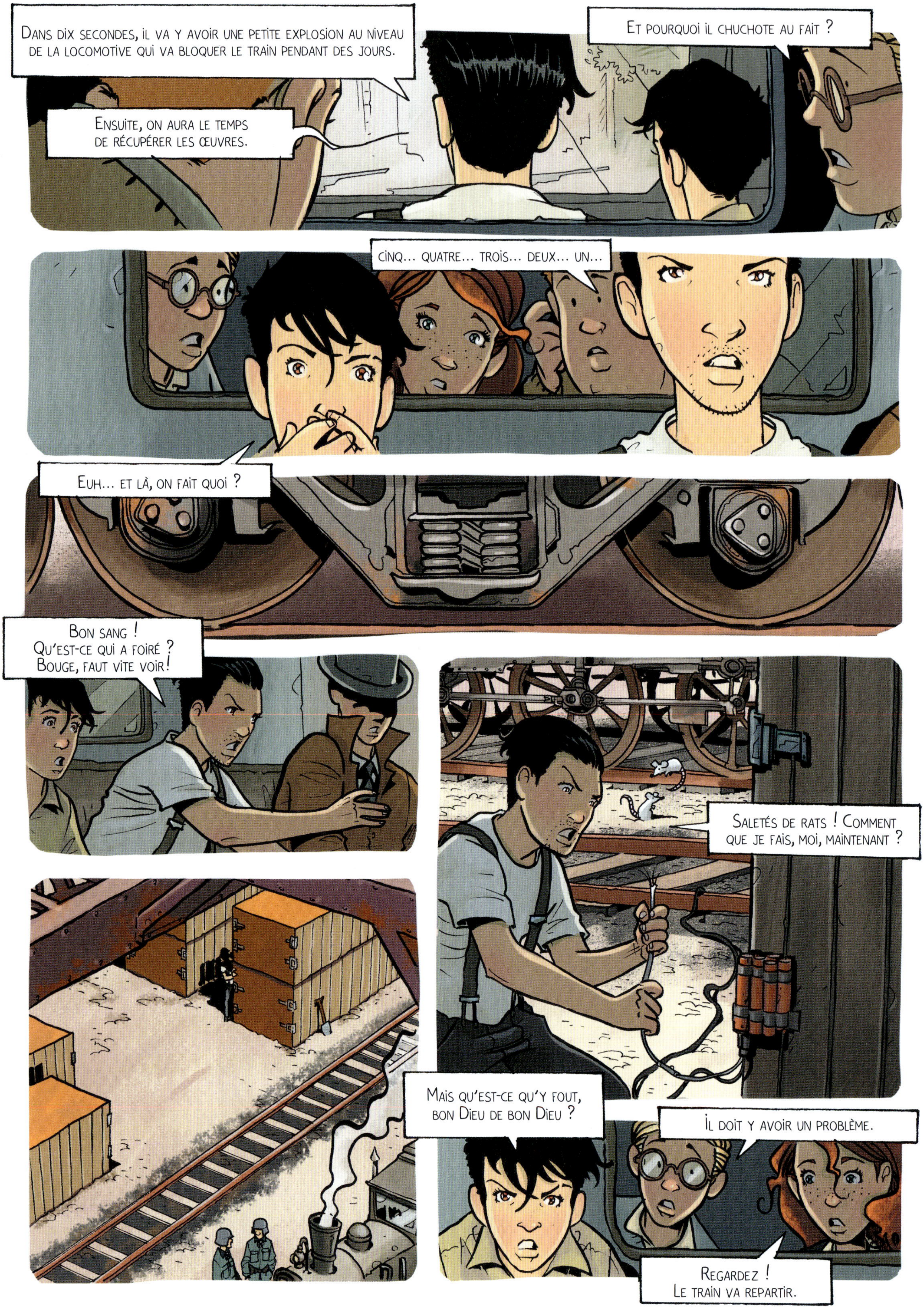
Dans dix secondes, il va y avoir une petite explosion au niveau de la locomotive qui va bloquer le train pendant des jours.
Ensuite, on aura le temps de récupérer les œuvres.
Et pourquoi il chuchote au fait ?
Cinq... quatre... trois... deux... un...
Euh... et là, on fait quoi ?
Bon sang ! Qu'est-ce qui a foiré ? Bouge, faut vite voir !
Saletés de rats ! Comment que je fais, moi, maintenant ?
Mais qu'est-ce qu'y fout, bon Dieu de bon Dieu ?
Il doit y avoir un problème.
Regardez ! Le train va repartir.

Voici un ordre du Reishmarshall Göring nous autorisant à monter à bord de ce train.
Euh… c'est que j'ai reçu des ordres, moi. C'est un train de marchandises, il ne peut y avoir de passagers.
Je ne pense pas que Herr Göring soit satisfait de cette réponse.
Nous ne sommes pas de simples passagers.
Bon, alors ? On monte ou j'en réfère à mon supérieur ?
C'est bon, faites vite.
Hé, qu'est-ce que vous fichez là ? Vous n'avez pas le droit !
Tu vas démarrer ton train et en vitesse. Schnell !
Et puis, on va te donner des instructions précises sur le trajet.
C'est que je dois aller à Paris, moi.
T'inquiète, le vieux. Tu vas y aller à Paris, on va juste faire un petit détour. Comment vous dites vous les Français ? Ah oui, prendre un "chemin de traverse".

Qu'est-ce qu'il fiche ?
On fait quoi maintenant ? On y va ?
Si on y va, on va se faire repérer. Non, vaut mieux attendre.
TRRIIIIIIITRIIIIIIIII
Mais qu'est-ce qu'il fabrique, mon frère ?
Mais le train va partir ! On fait quoi maintenant ?
On se bouge !
Hé ! Vous faites quoi, là ?
Revenez ! C'est trop dangereux.
Allez... y... Je... vous... rejoins...
POC
Aaaah !

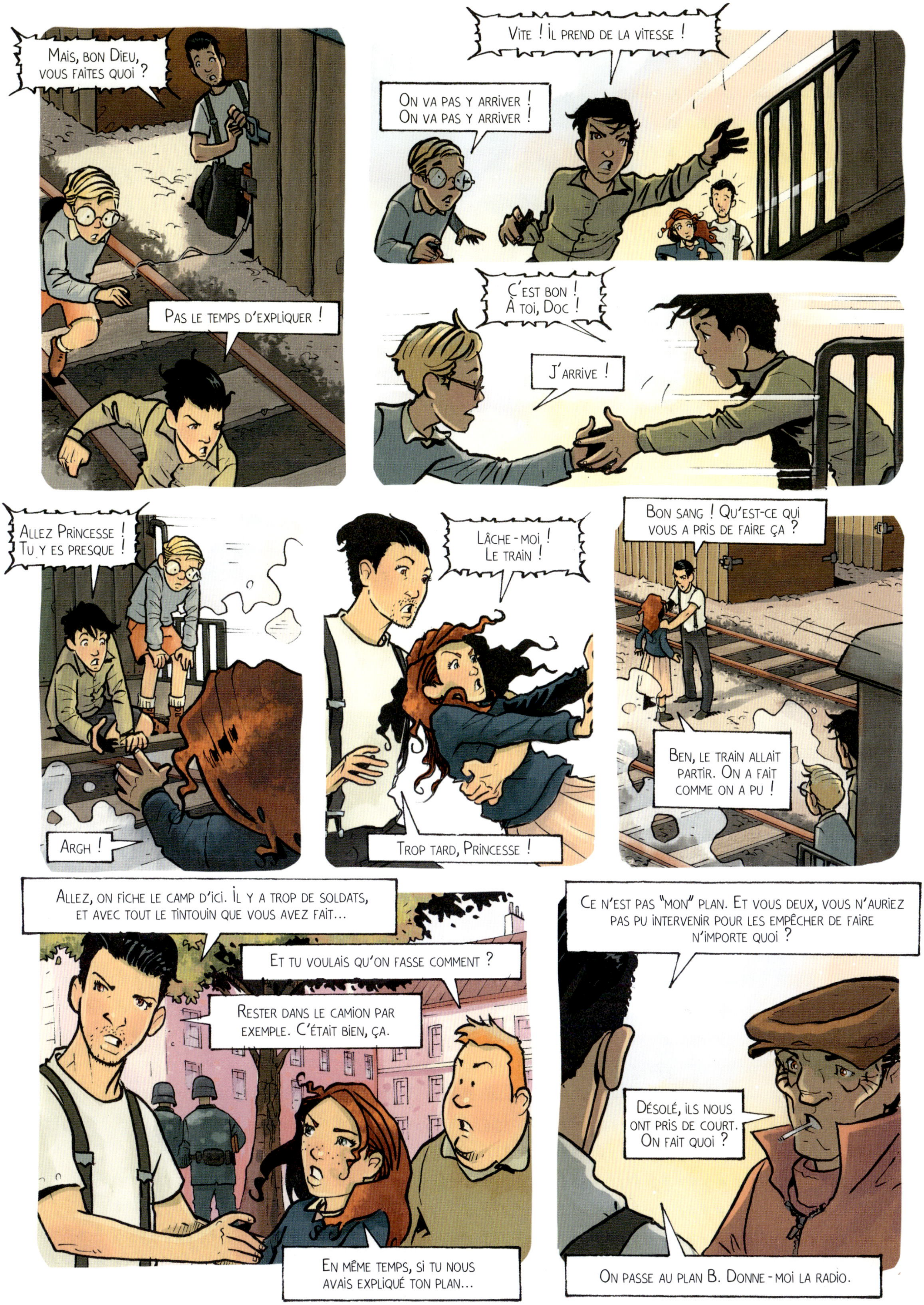
Mais, bon Dieu, vous faites quoi ?
Pas le temps d'expliquer !
Vite ! Il prend de la vitesse !
On va pas y arriver ! On va pas y arriver !
C'est bon ! À toi, Doc !
J'arrive !
Allez Princesse ! Tu y es presque !
Argh !
Lâche-moi ! Le train !
Trop tard, Princesse !
Bon sang ! Qu'est-ce qui vous a pris de faire ça ?
Ben, le train allait partir. On a fait comme on a pu !
Allez, on fiche le camp d'ici. Il y a trop de soldats, et avec tout le tintouin que vous avez fait...
Et tu voulais qu'on fasse comment ?
Rester dans le camion par exemple. C'était bien, ça.
En même temps, si tu nous avais expliqué ton plan...
Ce n'est pas "mon" plan. Et vous deux, vous n'auriez pas pu intervenir pour les empêcher de faire n'importe quoi ?
Désolé, ils nous ont pris de court. On fait quoi ?
On passe au plan B. Donne-moi la radio.

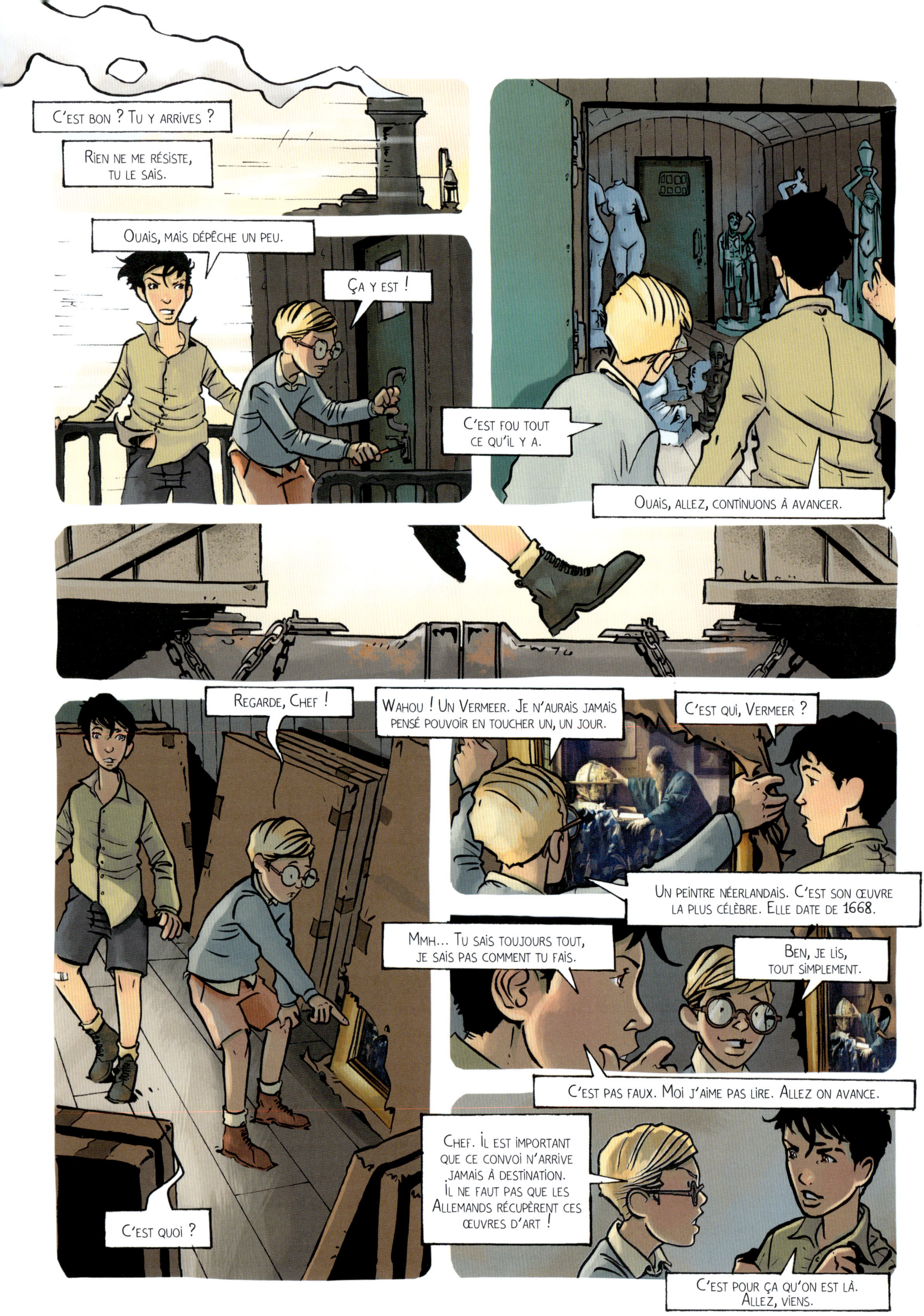

C'est bon ? Tu y arrives ?
Rien ne me résiste, tu le sais.
Ouais, mais dépêche un peu.
Ça y est !
C'est fou tout ce qu'il y a.
Ouais, allez, continuons à avancer.
Regarde, Chef !
C'est quoi ?
Wahou ! Un Vermeer. Je n'aurais jamais pensé pouvoir en toucher un, un jour.
C'est qui, Vermeer ?
Un peintre néerlandais. C'est son œuvre la plus célèbre. Elle date de 1668.
Mmh... Tu sais toujours tout, je sais pas comment tu fais.
Ben, je lis, tout simplement.
C'est pas faux. Moi j'aime pas lire. Allez on avance.
Chef. Il est important que ce convoi n'arrive jamais à destination. Il ne faut pas que les Allemands récupèrent ces œuvres d'art !
C'est pour ça qu'on est là. Allez, viens.

À l'aide !
GLONK !
C'est bon, je te tiens.
Boudre ! J'ai cru que mon heure était arrivée.
C'est pas passé loin.
Merci, Chef !
De rien. Allez, faut continuer, il nous reste qu'un seul wagon à atteindre avant la locomotive.
Tu sens ce que je sens ?
Oui je sens. Euh, tu sens quoi au fait ?
Je sens que ça sent pas bon. Le train ralentit.
Ah c'est ça. Oui en effet.

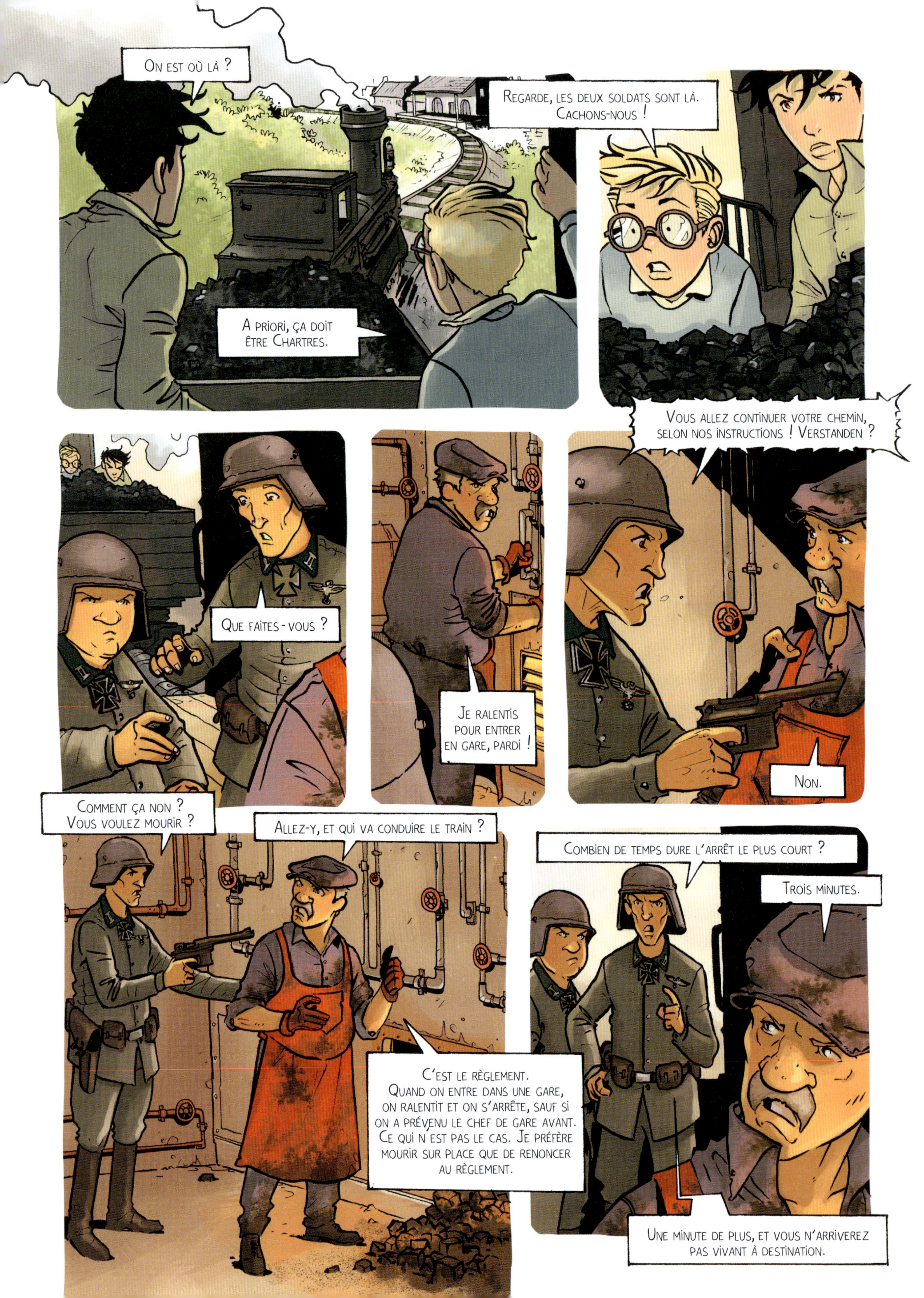

On est où là ?
A priori, ça doit être Chartres.
Regarde, les deux soldats sont là. Cachons-nous !
Que faites-vous ?
Je ralentis pour entrer en gare, pardi !
Vous allez continuer votre chemin, selon nos instructions ! Verstanden ?
Non.
Comment ça non ? Vous voulez mourir ?
Allez-y, et qui va conduire le train ?
C'est le règlement. Quand on entre dans une gare, on ralentit et on s'arrête, sauf si on a prévenu le chef de gare avant. Ce qui n'est pas le cas. Je préfère mourir sur place que de renoncer au règlement.
Combien de temps dure l'arrêt le plus court ?
Trois minutes.
Une minute de plus, et vous n'arriverez pas vivant à destination.

CRiiiiii
Vous, le conducteur, sortez du train, s'il vous plaît. Vous alliez trop vite !
Hallo, veuillez lire cet ordre de mission, qui nous permet de réquisitionner ce train.
Quel ordre de mission ? Vous n'avez pas le droit.
Nous avons tous les droits. Lisez ça.
Au revoir, messieurs !
S'il vous plaît, faites démarrer ce train !
D'accord, les garçons. On fonce ! Avec ce que vous venez de faire, c'est la cour martiale assurée si on reste là !

Scheiss ! Le train s'en va !
Rattrapons-le !
PLAAF !
ZZWWI !!!
ZZWWI !!!!
PAWPAW
Rahh ! Si je retrouve celui qui a fait ça !
Tu n'as pas vu qui c'était ?
Non, et heureusement pour lui, sinon je l'étrangle de mes mains.
On est mal, là ?
Ja. Viens, on va faire notre rapport au colonel.

Qui a mis une raclée aux boches ?
C'est nous, c'est nous !
Ne vous réjouissez pas trop vite, les enfants, on a un autre problème.
Qu'est-ce qu'il va nous arriver encore ?
Quoi qu'il arrive, on va pas se laisser faire !
Sortez de là les mains en l'air ! Sortez !
Je ne le répéterai pas !
Ne tirez pas ! Ne tirez pas !
Gaston, voici Jacques Jaujard, directeur de musée du Louvre qui nous a aidés à planifier cette intervention. Jacques, voici Gaston, mon frère.
Oui, monsieur.
Enchanté. C'est la dernière fois que j'entends votre vrai nom, mon garçon. C'est une question de vie ou de mort en ces temps troublés.
En tout cas, ce que vous avez fait est très courageux. Périlleux, mais très courageux.
Merci, monsieur.
Ouais, mais ils auraient pu écouter les adultes, on avait prévu un plan B. Allez, la bande, je vous ramène au village, avant que les parents s'inquiètent. Vous avez fait une belle action.

Cabinet privé de Göring, Paris.
Mais que fait-il, bon sang !
Heil Hitler !
Heil Hitler ! Alors Alfred, des nouvelles ?
Je le crains, Reishmarshall. Le convoi a été détourné par des résistants.
Quoi ? Comment est-ce possible ?
Lisez le rapport du Colonel.
Mais qui a confié cette mission à ces deux abrutis ? Ils vont partir à l'Est, ça va leur faire du bien.
Il me faut absolument ce chargement, Alfred. Vous savez combien c'est important pour moi !
Je le sais, Herman. Je le sais.
Et surtout, pas un mot au Führer. Je peux compter sur vous ?
Absolument, Herr Göring !
Bien bien bien.
Fin de l'épisode
Otero_Dumanche 2017.

Le carnet Papillon

" Doc, tu penses que c'est important, toi, les œuvres d'art ? "

LA RÉQUISITION DES ŒUVRES D'ART

Le 22 juin 1940, jour de l'armistice, l'armée allemande victorieuse investit Paris et se charge de **réquisitionner des biens français** – produits alimentaires, textiles, métaux, mais aussi les œuvres d'art contenues dans les musées nationaux.

Heureusement, certains conservateurs avaient pris les devants. À partir de 1939, les équipes des grands musées comme le Louvre ont commencé à expédier leurs collections dans des châteaux à l'extérieur de Paris afin de les cacher.

Cette grande opération a demandé une organisation colossale : **imaginez des milliers de tableaux et de sculptures à répertorier, à emballer et à acheminer dans toute la France !**

En s'appropriant ces œuvres d'art, Hitler veut réaliser un de ses grands projets : la création d'un immense musée d'art européen à Linz, près de sa ville natale, en Autriche.

Göring, haut chef de l'armée allemande, quant à lui, a déjà une importante collection personnelle d'œuvres d'art et il ne cherche qu'à l'enrichir avec des tableaux célèbres de Rembrandt, Vermeer, Vélasquez, Matisse…

Plus de 200 collections et plus de 5 millions d'objets sont ainsi réquisitionnés par les Allemands. Ils ont d'abord été entreposés dans les musées du Jeu de Paume et du Louvre, expertisés, photographiés et consignés avant d'être envoyés en Allemagne.

Crédits photos : © Hoffman / Bundesarchiv

Après la guerre, et grâce au travail des conservateurs, la majeure partie des œuvres a été rendue à leurs propriétaires.

Crédits : D.R

LE SAVIEZ-VOUS ?

La première fois que le tableau le *Radeau de la Méduse* fut transporté en camion, sa trop grande taille (plus de 7 mètres de haut) s'est heurtée aux fils du tramway, ce qui provoqua une coupure de courant dans toute la ville de Versailles !

" Il faut sauver le maximum d'œuvres. "

DES HÉROS DE TOUS LES JOURS

Jacques Jaujard est né le 3 décembre 1895. Il s'engage dans l'armée en 1914 et est réformé pour avoir contracté une maladie.
Après des débuts dans le journalisme, il est nommé directeur des musées nationaux et de l'École du Louvre en 1940.

Sous l'Occupation, tout en s'opposant au gouvernement de Vichy, **ce haut fonctionnaire met tout en place pour protéger, cacher et transporter les œuvres d'art des musées nationaux vers la province, notamment le Sud-Ouest.**

Au total, plus de 4 000 trésors seront ainsi protégés de la convoitise des nazis, dont la *Joconde*, le *Radeau de la Méduse*, le *Scribe accroupi*...

Après la Libération en 1944, il est nommé directeur général des Beaux-Arts. Il meurt le 21 juin 1967 à Paris.

Rose Valland est née le 1er novembre 1898. En 1932, elle devient attachée bénévole au musée du Jeu de Paume. Pendant la guerre, sous la direction de Jacques Jaujard, elle a pour mission de suivre les œuvres réquisitionnées par les nazis. **En secret, elle participe à l'évacuation de nombreuses œuvres et informe la Résistance des lieux de stockages en France et en Allemagne, afin de protéger les œuvres de possibles bombardements.**

Après la guerre, elle accompagne l'armée française en Allemagne pour coordonner la récupération des œuvres. Durant une dizaine d'années, elle aura rapatrié plus de 60 000 œuvres. Elle meurt en 1980 à Ris-Orangis.

GÖRING OU LA CONVOITISE OBSESSIONNELLE.

Hermann Göring est né le 12 janvier 1893.

Il rencontre Hitler dans les années 30 et ils ont tout de suite le même point de vue sur les maux de l'Allemagne. Göring sera durant toute la Seconde Guerre mondiale un des bras droits les plus importants du *Fürher*. Il est à la fois *Reichsmarschall* (maréchal suprême) et chef suprême de l'aviation.

En parallèle, **ce féru d'art va tout faire pour enrichir sa collection personnelle, qui est la plus importante d'Allemagne.** À la fin de la guerre, les Alliés (alliance entre la France, l'Angleterre et les États-Unis) vont retrouver des œuvres d'art disséminées dans toutes les cachettes de ses différentes demeures. Il sera arrêté en 1945 à la fin de la guerre, jugé et condamné à la pendaison. Il se suicidera en prison le 15 octobre 1946.

LE DÉBUT DE LA RÉSISTANCE EN NORMANDIE

La Résistance en Normandie s'organise dès 1940. On compte rapidement une trentaine de réseaux dans cette région rassemblant un petit millier de personnes. Dans un premier temps, la Résistance est essentiellement portée sur la recherche de renseignements importants car les membres manquent de moyens (armes, munitions, matériel de sabotage) pour mener des actions fortes. La grande implantation des troupes allemandes dans le secteur les empêchent également de prendre des risques.

Crédits : © Boris15 / Shutterstock.com

À compter de 1942, la Résistance se développe véritablement et de nombreux mouvements (corps-francs et maquisards) s'ajoutent aux réseaux existants, aidés par le parachutage de vivres et d'armes provenant d'Angleterre. **Désormais, la Résistance se fait plus active et plus violente, notamment dans les grandes villes où des équipes bien préparées provoquent des attentats contre les nazis.**

Mais être résistant, ce n'est pas nécessairement faire acte de guerre. Parfois, de petits gestes anodins ont contribué à montrer son hostilité envers l'occupant : le port de la croix de Lorraine, le refus de laisser sa maison aux Allemands, déchirer les affiches de propagande, manifester dans les cinémas…

LE SAVIEZ-VOUS ?

La croix de Lorraine, que portent certains étudiants pendant la manifestation du 11 Novembre, est un symbole de la Résistance française. Présente sur les drapeaux de l'Alsace-Lorraine (territoire français annexé par l'Empire allemand entre 1871 et 1914), la croix de Lorraine est devenue, par opposition à la croix gammée nazie, l'emblème de la France libre.

LE RÉSEAU DES TRAINS

Crédits : D.R

Le réseau SNCF a été tout au long de la guerre un élément essentiel et stratégique, tant pour les résistants que pour les Allemands. Il est devenu, dès l'armistice, un outil particulièrement utile pour l'armée allemande : moyen de transport pour les matières premières, pour les produits alimentaires, pour les soldats, pour les œuvres d'art et pour le transport des prisonniers et des déportés.

C'est pourquoi, dès que possible, les résistants vont tout faire pour empêcher les convois de circuler : sabotages des lignes de chemin de fer, des locomotives, mais également bombardements massifs. On estime que le réseau de chemin de fer à été détruit à plus de 80 % pendant la guerre.

Il ne faut pas oublier que, parmi les cheminots, certains faisaient également de la résistance, à leur façon : retard dans les trains, mauvais aiguillages des voies, ou même des pannes factices, tout cela dans le but de rendre la vie difficile aux Allemands. Beaucoup furent torturés ou tués pour ces actes courageux.

Nom civil : Gaston

Nom civil : Élise